JINJIANG LIANGE

锦江恋歌

郭久麟◎著

四川大学出版社

责任编辑:蒋姗姗
责任校对:袁　捷
封面设计:墨创文化
责任印制:王　炜

图书在版编目(CIP)数据

锦江恋歌 / 郭久麟著. —成都: 四川大学出版社, 2015.11

ISBN 978-7-5614-9140-9

Ⅰ.①锦…　Ⅱ.①郭…　Ⅲ.①诗集-中国-当代　Ⅳ.①I227

中国版本图书馆 CIP 数据核字 (2015) 第 276550 号

书名　**锦江恋歌**

著　者　郭久麟
出　版　四川大学出版社
地　址　成都市一环路南一段 24 号 (610065)
发　行　四川大学出版社
书　号　ISBN 978-7-5614-9140-9
印　刷　郫县犀浦印刷厂
成品尺寸　146 mm×208 mm
印　张　5.375
字　数　122 千字
版　次　2015 年 12 月第 1 版
印　次　2015 年 12 月第 1 次印刷
定　价　14.00 元

◆读者邮购本书,请与本社发行科联系。电话:(028)85408408/(028)85401670/(028)85408023　邮政编码:610065
◆本社图书如有印装质量问题,请寄回出版社调换。
◆网址:http://www.scup.cn

从清柔到刚健

——序郭久麟诗选《锦江恋歌》

梁上泉

1992 年 1 月，郭久麟出版他的第一本诗集《爱的琴弦》，请我给他写了序《刚能励志，柔可清心》。今年，他要出版他五十多年来诗歌创作的选集，再次请我为之写序。作为多年诗坛朋友，我欣然接受了他的请求。

这位戴着近视眼镜、文质彬彬的教授，1942 年 11 月生于山城重庆，1965 年于四川大学中文系毕业后，分配回故乡四川外国语大学任教，主要从事写作、文艺理论及现当代文学的教学。五十年来，他结合教学工作，满腔热情地致力于文学创作和理论研究，著述颇丰，计有诗歌、散文、小说、传记文学、报告文学、影视文学以及文学评论、文学理论、文学史等三十余种著作出版，获得了国家和省市多种奖励，在每一种文体中都有优秀的代表作：文艺理论有《文学创作灵感论》《中国二十世纪传记文学史》，传记文学有《陈毅青少年时期的故事》《罗世文传》《雁翼传》《柯岩传》《张俊彪传》，电视剧有《沉默的情怀》《雕像的诞生》，长篇小说有《风流帝王》等。从涉及门类之多和反映生活面之广来说，郭久麟称得上多产作家、全能作家。而且他还善于把每种文体的创作与研究结合起来，让创作和研究相互促进，相互借鉴，共同提高。近 40 年来，他倾注主要精力从事传记文学创作及相关理论研究，取得卓越成就，跻身中国当代著名的传记文学作家和理论家的队列之中。但是，他仍然钟情于诗，在花甲之后，还不时有诗的灵感光临。这部诗集，是被他称为“地球上最美丽的花朵”——灵感所诱发而结出的果实！

编入第一辑《爱情的玫瑰》中的《初恋梦》（六首），是作者早期的作品，可以说是一些青青的果子，还不成熟，但饱含着痴情的液汁，品尝起来有一种微酸的果味：

禁不住这焦灼的思念，
心里曾激起阵阵埋怨；
想起你平日亲密的情意，
埋怨又化为体谅的温泉。
——《快解开我心灵的锁链》

苦苦地等待恋人，恋人不来，顿生一串疑问，疑问不解，心灵的锁链难开；回想平日情意，又怨而转爱。爱的曲折回环如此，也够真切的了，也够柔情的了！

姑娘呵！你哪里知道，
送别时的一掬微笑，
该用了多少隐忧来酿成？
该用了多少愁思来发酵？
……
一如那苦根的黄连，
花冠上反挂着甜笑。
——《送别》

情人盼着相会和害怕相会后的离别，心情是同样复杂的。本来满怀隐忧和愁思，送别时却强作微笑，这微笑之花微醉人的甜蜜，却是用了多少痛苦发酵才酿成的。诗人找到一个新奇的比喻，黄连之根很苦，而开出的小黄花却显得甜美。

《锦江恋歌》似是对他初恋的永远怀念，写得深情款款，意境优美，动人心弦。

《湖水和月亮》是用象征手法写的一首爱情诗，写出一种甜蜜的、纯洁的、永恒的向往和期待，显得高洁而优雅，含蓄而缠绵：

好一片澄澈明静的湖水，
倒映着玉洁冰清的月亮。

如迷地吸吮她柔美的光华，
甜蜜地沉醉于幽微的桂香。

高洁的月影轻盈地飞去，
湖水却恋恋地把她怀想。

也许，月亮并不理解湖水的痴情，
也许，湖水永远也不能拥有月亮。

但是，湖水却脉脉地望穿晴空，
永恒地期待月亮投进他的心房……

《走，亲爱的》和《爱的奇迹》等诗则是他中年以后的爱情诗，显得更为深沉和精湛。

第二辑《山海咏叹调》是旅游诗也是山河颂。我国山水诗的传统源远流长，具有很高的水平，今人续写这类新诗，自然要有新的开拓，才为人们所欣赏。作者走南访北写下的这些篇章，就是他一路印下的足迹，抒发的激情。读者随足迹而前，一如跟导游而往，既能领略到祖国名山大川的壮美，江河湖海的深沉，又能了解历史地理文化的深厚底蕴，分享诗人从大自

然中品尝到的甜蜜和喜悦。且听作者的《问大海》：

大海啊，你为什么如此苦涩而腥咸？
涛飞浪卷，吞噬了多少眼泪和辛酸？
什么时候，欢乐和幸福才盛满胸怀，
你每滴海水，都乳汁般纯净而甘甜！

显然，这种情感具有现代人的思维特点，现代人的忧患意识，希望苦涩的海水变为纯净甘甜的乳汁，这是人们的渴求，也是诗人的热望。有时诗人兴之所至，一花、一草、一虫、一鸟，都能唤起浓郁的诗情。游青城山时，坐车途中，“一只蝴蝶穿进了车厢/轻轻地落在我肩上/恍惚中我化成了一朵山茶/一任她采撷蜜汁和芬芳”（《给蝴蝶》）。应该说这只飞入车窗的蝴蝶是幸运的，它未被捕捉，反而有人愿化作山茶花让它采蜜闻香。这就是诗人的情愫，引发人们对大自然的爱心。他写的《云》，犹如一幅水墨烟云图；《雾》，则写出了雾的朦胧恍惚，奇幻诡谲。两首诗都写得轻盈流动，迷离淡远，挥洒自如，颇得中国山水画的妙趣。请看《云》：

云上长树，
树上生云，
迷离成一片动荡的美景。

云上耸山，
山上喷云，
朦胧成一袭美丽的幻影。

云化烟霞，
烟霞变云，

幻化为一天缥缈的仙境。

他的《飞越野象谷》《啊，大森林》《新疆之歌》《世博会之歌》《丽江四方街》《泸沽湖的波澜》《绵阳诗会新绝句》《凤凰的交响》等诗写得激情奔放，意象新颖，意境鲜明。如《泸沽湖的波澜》，诗人一连用了十几个比喻，以泸沽湖的美景、风情，来描绘“泸沽湖的波涛”，写这轻柔的涛声，“像远古的传说幽幽地传来”“像女神的眼波亲切地流转”“像里务比寺的风铃悠悠飘旋”“像阿夏的情歌把繁星唱亮”“像木若的百褶裙把明月舞圆”……通过这美妙的涛声，把泸沽湖的美景，穷形尽相地展现在读者眼前，把诗人对泸沽湖沉醉缠绵的爱恋，尽情尽意地送入我们的心坎。

第三辑《心灵的浪花》，是抒写人生的诗篇。我很喜欢他的《我要作擎天的大树》一诗，意象鲜明，别出一格。面对给小草的一片颂歌，诗人宣告：

是的，我不屑做卑微的小草，
而要做大树高高！
根，扎进大山的怀抱，
叶，歌唱在白云青霄。
任山鹰孔雀做巢，
与日月星辰舞蹈。
烈日下撑一骨信念，
风暴中挺一身自豪。

这是诗人的自白，也是诗人的豪语。这样的大树，是会引人昂头仰望的，也会催人奋发向上的。自不待言，这是一首刚劲之作。

在这一辑诗歌中，可以看到，郭久麟中年以后的诗歌，随

着时代的开放，阅历的增长，修养的提升，思想的成熟，似乎更加富于阳刚之气了。

首先，其所表现的社会内容更加充实广阔，如歌唱人民教师、歌唱家乡重庆、歌唱祖国的一些诗，都写得气势磅礴，豪迈宏放，开阖自如，摇曳生姿。久麟在大学执教五十年，对教师一职，深有感情，他的《我骄傲，我是教师》，就是教师之歌中的扛鼎之作。作者从各个角度、各个方位歌唱教师，最后，作家唱出了教师的最强音：

历史车轮的旋转中
我的心血在汽缸中燃烧

时代巨轮的航程中
我心灵的帆篷在顺风高张

祖国烂漫的花园里
我培养的桃李流彩溢芳

哪一位人才的出现
没有我智慧的滋养

哪一位智者的心中
没有我思想的闪光

哪一位伟人的成长
没有我精心的培养

我骄傲，

我是教师！

这个“我”，当然是人民教师的“大我”，但也凝聚着久麟作为一个资深教授的自豪感和成就感。

其次，所选择的形象更加高大厚重。比如：

我是精卫——
用凝血的喙子
衔来科学的息壤
填平神州与世界的
沟壑
铺筑通向现代化的
大道
我是夸父——
不息地追踪
真理的太阳
把全部骨肉
化为
催生万物的土壤
让每一根毛发
都变为
鸟舞鹿鸣的森林
用滚烫的热血
去浇出
覆盖沙漠的麦浪

——《我的歌》

其三，感情更加充沛激荡。如《新重庆放歌》，以两百多行的篇幅，为直辖后的重庆谱写了一曲热烈的颂歌，表达了对重庆人民诚挚的赞美。诗中洋溢着久麟的赤子之情：

当大禹
　高举巨斧
　　劈开三峡的顽岩
涂山氏
　踮脚翘望
　　站成深情的山冈
啊！大江哟
你奔泻的是
　无私奉献的赤诚
　　情意缠绵的诗行
当巴曼子
　倾尽滚烫的热血
　　回报故土
　捧起忠义的头颅
　　答谢楚王
啊！大山哟
你隆起的
　是以身报国的忠贞
　　是大义凛然的华章

——《新重庆放歌》

从艺术上看，久麟中年以后的诗也更纯熟。他更加注重从大自然中、从生活中发现和提炼美的意象，通过艺术的酝酿，融入激情，构成浓郁的诗意氛围和诗情画意。比如，《张家界的风度》，以“孤峰独立/金鞭穿云/玉柱擎天”，写男子汉的气魄和威严；以“野花遍地/佳树如云/绿水缠山”，写女性的娇柔和缠绵；在美的阴柔与阳刚的强烈对比之中，展示了美的意韵。久麟还喜欢在大自然中寻觅能抒发和寄托自己的感情和意念的形象，把自己外化其中，“主体客体化”，从而赋予其某种象征的意义。久麟在游蜀南竹海时，看到那“临风摇曳的倩影，亭亭玉立的身姿/节节向上的气质/参天而立的伟仪”，展开丰富生动的联想，最后把竹海作为祖国和中华儿女的象征，从而揭示了深湛的意蕴——

我想起
共和国
壮阔迷人的历史
我想起
大中华
巍峨挺拔的儿女
——《我爱你——竹海》

久麟以杨开慧故居小园里的栀子花，象征杨开慧高洁的人生和忠贞的爱情；以泰山迎客松，象征祖国母亲的手臂，激励我们攀登生命的日观峰顶；他还以雪白的粉笔象征老师洁白高尚的心灵。他的《梦笔生花》《千年银杏》等诗，则是触景生情，借景抒怀。这些，使久麟的诗歌具有了深刻的哲理和丰富的意蕴。

久麟的诗在形式上以格律和半格律为主，但也有不少不拘格律的、奔放洒脱的自由诗。不管是自由体或格律体，他都十分讲究诗节的匀称、句式的整饬及音韵的流畅，极富音乐美。

这本诗集还选录了一些新古体诗。这些诗，主要是抒写人生的情怀。《芙蓉花下》抒发了久麟对故乡的怀念之情。《不作墙头草》表达了久麟“文化大革命”初期抵制派性武斗的决

心。他的《六十述怀》抒发了他退休后不服老的情怀：

倏忽花甲心不甘，雄心再振六十年。
豪情更比晚霞艳，攀上人生至高点。

《古稀抒怀》更表达了他以文为命、以诗为魂的人生追求和为民族英雄塑像、为中华腾飞讴歌的使命感和责任心：

文若命兮诗如魂，沥血呕心意纵横。
振衣独攀千峰顶，探胜深入百姓心。
雕塑民族英雄像，抒发中华腾飞情。
欣逢盛世文思畅，长河入海万里行。

2015 年 6 月 14 日于重庆南岸美堤雅城

生活的恋歌

——序郭久麟诗选《锦江恋歌》

万龙生

在重庆文坛，郭久麟不是一个生疏的名字。这不仅仅是因为年龄，他已经年满七十了，在文场驰骋数十年，至今还心不离文坛，还在写作，在一些场合，时常能看见他那微秃的头顶、微笑的面容、闪光的镜片。他之为大家所熟悉，更在于他的一个特点：在文学领域，他涉猎范围非常之广，不愧为一位高产作家、全能作家。不但在诗歌、散文、小说、传记文学、报告文学、影视文学方面，都有佳作；而且，在文学评论、文学理论和文学史方面，也都有精品杰作。尤其是在传记文学方面，创作和理论都达到了很高的水平。这是他半个世纪艰辛而执着地耕耘的结果。

如今，到了检阅成果的时候，他准备出版他的诗集，嘱我作序。却之不恭，只好应命。

郭久麟是重庆人，在重庆重点中学一中毕业，1960 年至 1965 年在四川大学度过了宝贵的青春年华，打下了一生的知识基础，以诗责实，他应该也是在那里遇到了难忘的初恋吧。《初恋梦》组诗就是那时留下的一束经历了岁月考验仍不失色的爱情奇葩。怎能不珍惜、不纪念呢？甚至是一种凭吊吧！对于那一去不复返的人生之春啊！追忆起来往往是煞费苦心，云里雾里弯弯绕，可作者却这样炽热、这样本真的表白，如今已经不时兴了，那么也就更具价值了。

第二辑《山海咏叹调》是郭久麟游历之作。古人曰：“读万卷书，行万里路。”闭门苦思，灵感不会眷顾。新诗中脍炙人口的山水诗可以举出一些，但是比起古诗来就小巫见大巫了。久麟这些山水诗初读一过，觉得虽然不能比肩古之先贤，但是却与游记大异其趣。在注意抓住对象特点的同时，在字里行间还贯注了诗人浓烈的感情。其中之佼佼者，我以为应该视为新诗中山水诗的佳品。

第三辑《心灵的浪花》题材不那么集中，可以说是“杂咏”。这是久麟在生活中受到触动有感而发，赋予心灵的浪花以诗的形态，或者说让瞬息即逝的灵感之火花固化为文字。久麟是有心人，不放过这种写诗的良机，才有了这些林林总总的作品。考其题材，多是来自他熟悉的生活，如母校、家乡重庆、他从事的教育工作，等等。接地气，食人间烟火，注重构思，讲求意境，富于激情，是这些作品的共同特点。

第四辑是《新古体诗》。这表明久麟对中国传统诗歌的热爱，也找到了他的作品注重音韵节奏的缘由。我想趁此机会略谈对目前中国诗词发展的一种观点。自 20 世纪 80 年代以还，中国诗坛出现了一个不容忽视的现象，就是诗词创作的复兴。在如何对待古诗格律的问题上，出现了两种主张：一是恪守诗词格律，一是允许破格，后者被称为“新古体诗”。看来久麟是在实践着后一种主张。我以为，这二者并无对错之分，每一个诗人都有选择的自由，不妨自行其是。关键是拿作品说话，让历史检验。久麟的新古体诗摆脱了一些格律的束缚，又遵循句式、音韵的格式，显得自由活泼，佳作甚多。

久麟的新诗与当前流行的作品面貌迥异。20 世纪 50 年代，何其芳提倡现代格律诗，虽然后来因言获罪，招致批判，但是其影响所致，形成了一种以每节四行，每行大致整齐，押韵为特征的“半格律”诗体，相当流行。80年代之后，新诗走上了极端自由，不受任何约束的道路，这种半格律体已经少见了。而郭久麟却颇有定力，不顾这股大潮怎样汹涌，一直坚持自己惯用的半格律诗体。恰好物以稀为贵，成就了他这些诗作的一大特点。

我还想借此指出，尽管自由化狂潮在诗坛大有席卷之势，格律体新诗仍然逆势而上，这些年来，取得了长足的发展。在久麟诗作中也有完全符合目前已经基本成型的、得到业界公认的格律规范的作品，从而可以去掉那个“半”字，就是格律体新诗。这样的例子举一个吧，这首《粉笔》：

满储着雪白的心意，
倾吐着纯洁的情感。
书写在长方的黑板，
也写在学生的心坎。

像心灵一样洁白，
像人生一样纯洁。
化作纷飞的白雪，
润泽春天的原野。

第一节八言三步，第二节七言三步，第二节换韵。这就是一首完全合律的格律体新诗。久麟还创造了一种每首四行的新绝句诗体，如《绵阳诗会新绝句》（四首）和《下龙湾新绝句》（六首），把丰富的内容熔铸到音韵优美的四句诗之中，确如古诗中的绝句，显得精纯凝练，十分难得！如果久麟今后在创作中能够有意识地遵循新诗格律规范，一定能够写出更多这样的佳作。

综观久麟诗歌创作，其诗龄已有半个多世纪。到了现在这个年纪，还常有灵感附身，情不能已，化而为诗，成了不折不扣的诗翁。真是可喜可贺！看来，《锦江恋歌》就是郭久麟对生活的恋歌。

我衷心希望久麟今后在从事其他文学作品创作的同时，不丢诗笔，继续吟咏，有更多的佳作问世！

2015 年 4 月 11 日于渝州悠见斋

（作者系重庆日报原副刊部主任、《东方诗风》杂志社社长、中国作家协会会员、著名诗评家。）

目　录

第一辑　爱情的玫瑰

第二辑　山海咏叹调

第三辑　心灵的浪花

第四辑 新古体诗词

第一辑

爱情的玫瑰

初恋梦（六首）

一见倾心

一颗巨大而绚烂的彗星，
撞开我混沌而迷茫的天庭；
那烛照环宇的辉煌光焰，
瞬息间点燃了我的激情：

姑娘哟，美酒醉人，
怎比你闪光的流盼令人销魂；
姑娘哟，珊瑚艳丽，
哪及你嫣然一笑妩媚温存！

我暗暗地诅咒命运：
为啥不早些认识你？
可看你一眼，又无比自慰：
我终究幸运地认识了你！

呵，我不愿听台上的乐曲，
只想聆你震颤心弦的娇音；
呵，我无心看台上的舞蹈，
只想沉醉于你如花的芳芬！

姑娘啊，海岸阻得住浪涛奔腾？

高山挡得住红日东升？
世俗的笼头套得住激情的野马？
纵然初识，我也要倾诉满腔赤诚！

我要挥动彩虹般的巨笔，
用金色的星辰谱写诗句，
在你蓝天般皎洁的胸怀，
写下我熊熊燃烧的情意！

星星项链

傍晚
天空的大海
蔚蓝而又深湛

星星
深海中的珍宝
焕发诱人的光彩

我驾着
新月的小舟
痴迷地
探索在天海

精心地
采撷着
一朵朵

如花的梦幻

用深情的丝线，
把它们串成
璀璨的项链

用无比的虔诚
轻轻地
亲亲地
挂在你的胸前

让它辉映
你的心灵
你的容颜
永远纯美
永远娇艳！

我祈愿

你晶莹明澈的双眼，
像一片云霞舒卷的蓝天；
我多想变一只小鸟，
在你的天空中自由翩跹。

你温柔恬静的胸怀，
像一片碧波粼粼的大海；
我多想变一条小鱼，

在你的浪花中尽情游玩！

你热烈亲切的话语，
像一泓跳珠溅玉的清泉；
我多想变一朵睡莲，
在你的碧波中欢笑怒绽。

快解开我心灵的锁链

你为什么没有来？
你为什么没有来？
你怎忍心抛我进失望的寒潭？
你怎忍心叫我苦苦地等待？

禁不住这焦灼的思念，
心里曾激起阵阵埋怨；
想起你平日亲密的情意，
埋怨又化为体谅的温泉。

我相信你不会把我忘怀，
只是一种担忧难于消减：
你该不会、该不会生了急病？
快火速回信，解开我心灵的锁链！

送　别

姑娘呵！你哪里知道，
送别时的一掬微笑，
该用了多少隐忧来酿成？
该用了多少愁思来发酵？

你别看我面带喜悦，
心中却像虫儿在咬；
一如那苦根的黄连，
花冠上反挂着甜笑。

锦江恋歌

像银链般的锦江，缠绵婉转，
像情丝般的垂柳，袅娜娇软，
像江心的月牙，明亮妩媚，
像浓黑的长发，细细绵绵。

——锦江畔的歌声啊，
你为什么那样地情浓意远？

像望江楼的金顶，高插云天，
像仲夏夜的晚风，低回盘旋，
像我的心跳一样强烈而奔放，
像你的面庞一样圆润而鲜艳。

——锦江畔的歌声呵，
为什么要扣动我初恋的心弦？

锦江已驮着柳絮飘向天边，
望江楼还痴痴地凝望河面；
歌声已随着清风飘入青云，
我却来寻觅那流逝的梦幻！

——锦江边的歌声呵，
你请永远滋润我深心的怀念！

湖水和月亮

好一片澄澈明静的湖水，
倒映着玉洁冰清的月亮。

如迷地吸吮她柔美的光华，
甜蜜地沉醉于幽微的桂香。

高洁的月影轻盈地飞去，
湖水却恋恋地把她怀想。

也许，月亮并不理解湖水的痴情，
也许，湖水永远也不能拥有月亮。

但是，湖水却脉脉地望穿晴空，
永恒地期待月亮投进他的心房……

走，亲爱的

走，亲爱的
到自然中去
踏过翠生生的
儿童肌肤般柔嫩的草地
穿过郁苍苍的
万枝竹笛吹奏着的森林
融进那绿莹莹的
宝石般清香的湖泊里

我们的肉体与精神
沉醉在一起
我们的心血与灵魂
与大自然融为一体
呼吸着
风的温存与芳馨
感触着
水的柔媚与熨帖
吞咽着
花的香甜和美味
吸吮着
月亮的情韵与灵气

避开了尘寰的喧嚣和烦恼

远离了俗世的功利和算计
自由地
在自然中享受和撷取
愉快地
在自然中探索和寻觅
把我们的智慧、心血和精神
凝聚成诗情喷涌的
画幅
抒发为色彩斑斓的
诗句……

2006年12月30日

爱的奇迹

我对你一见倾心
你对我一见钟情
阳电与阴电相碰
迸发出万度热能

我对你倾心相许
你对我托付终身
嘉陵江汇入长江
化为浩荡的奔腾

我对你全身心投入
你对我献一片赤诚
天降甘露于原野
原野上草木葱青

我爱你诚挚坦荡
你爱我赤胆忠心
用爱心创造奇迹
让幸福相伴终生

2008年12月7日晨于白市驿

就这样……

就这样
你抱着我
我搂着你

就这样
你亲着我
我吻着你

就这样
你依恋我
我依恋你

就这样
你融化我
我融化你

就这样
你中有我
我中有你

就这样
你就是我
我就是你

就这样
相扶相携
须臾不离

就这样
海枯石烂
地老天荒

就这样
山高水远
地久天长

2010 年 11 月 21 日凌晨六点半西南大学学府小区

散步小区

牵着你的手
在小区散步
明月为我们擎灯
夜风为我们伴奏
还有清脆的蛙鼓
还有蟋蟀的啁啾
情在胸中弥漫
爱在周身涌流
说不完的孩子、父母、亲友
谈不够的生活、人生、奋斗
啊！
爱，就是相扶相携
情，就是相持相守
啊！
你靠着我的肩
我牵着你的手
十年
百年
在爱的家园里
走啊走
走啊走

2010年2月9日西南大学学府小区

第二辑

山海咏叹调

泰山二题

迎客松

手挽日月星辰，
梳理彩霞流云，
龙戏珠，凤摆尾，令人沉醉，
盘苍崖，搏风雨，壮我游兴。

呵，迎客松，泰山老人高伸的手臂
在松涛云海中召唤着登攀的人们：
甩掉疲劳，勇攀十八盘，
到极顶饱览无限壮美的风景！

系着我情思千条，
掀起我万丈豪情。
迎客松啊——祖国母亲深情的手臂，
激励我攀登生命的日观峰顶！

泰山日出

看，东方透出一线淡红的曙色，
红日射出它的万支金矢，
划开了黑夜与白昼的界限，
映亮了天宇中飘展的大旗。

蓦然一阵欢呼爆发在日观峰顶，
雷鸣般的回应响彻千山万岭，
——硕大的红玛瑙从天际跃出，
泰山的手臂把它骄傲地托起！

红日的巨手抚摸神州大地，
温煦的光辉暖透了我的心灵。
巍峨的群峰在晨曦中升腾，
我的心插上了金色的羽翼！

海洋抒情诗（四首）

问大海

大海啊，你为什么如此苦涩而腥咸？
涛飞浪卷，吞噬了多少眼泪和辛酸？
什么时候，欢乐和幸福才盛满胸怀，
你每滴海水，都乳汁般纯净而甘甜！

我　爱

我爱一个人站在海边，
陶醉于大海缤纷的画卷；
看白帆在绿缎上绣出花朵，
看巨轮化为海上的剪影一片。

这时，我的心随着海鸥翔舞
胸怀里滚动着感情的大海……

我爱一个人漫步海滩，
任海波温柔地亲吻脚腕。
我欢笑地拾起斑斓的贝壳，
像捧起母亲馈赠的珠玩。

这时，我真想变成小小的鱼儿，

游进你无边无际的美丽的蔚蓝……

我爱在黎明前登上高山，
看朝霞映亮苍茫海天，
看旭日挂着水珠跃出龙宫，
似出浴的新娘露出娇艳的笑脸。

这时，我的心化成了炽燃的云朵，
同大海和天空一样醉意绵绵……

海　潮

轰隆隆，轰隆隆，轰隆隆，
你以雷霆万钧的气势从天上滚来。

哗啦啦，哗啦啦，哗啦啦，
你以摧枯拉朽的气概从天际涌来。

一浪一浪，一浪一浪，
你以气吞山河的威力在天地间炫耀。

雪白雪白，雪白雪白，
你以震撼大地的壮观在宇宙间闪现。

你从地心深处汲取力量的源泉，
你以日月光华谱写宏伟的诗篇。

你澎湃不止，奔突不息，滚动不已，
你拥抱一切，包容一切，战胜一切。

你是天地间最伟大的力呀，
你是宇宙间最壮美的奇观！

你给我永不枯竭的力的旋律哟，
你给我万古长新的创造的灵感！

别大海

别了，你旖旎绵延的海滩，
别了，你波柔浪软的浴场，
别了，你鹰角亭瑰玮的日出，
别了，你望海亭壮丽的夕阳。

大海啊，你沉雄博大的英姿，
是怎样地开拓了我的襟怀和度量；
大海啊，你高亢澎湃的涛声，
又怎样地激扬起我的灵感的翅膀！

我要带走你虚怀大度的雅量，
我要带走你浩歌不息的歌唱。
唯有这一片恋情长留在你的身边，
汇入你洁白的浪花，永恒的交响！

巫山神女颂

你娟娟地伫立在峰顶云端，
披风沐雨啊，万载千年。
过往的乘客谁不把你仰慕，
船夫的号子永远把你咏叹。

我的心飞向亘古的荒年，
十二条孽龙啊毒气漫天。
万民的惨号绞痛你肝肠，
你一挥手迸发出霹雳闪电！

劈死的凶龙化成三峡的巉岩，
阻障着长江逆流泛滥。
水中的巨鳌饱餐着人肉，
治水的大禹难劈开顽岩。

你请来天兵布阵云端，
劈开了危岩，凿通了险滩。
滔滔的洪流冲出了三峡，
你心中怒放出万朵红莲。

猛听见一阵阵寡妇的哭喊，
你脸上凋谢了如花的笑颜——
三峡的险滩凶如狼猛似虎，

它会把多少船工吞进深渊!?

这时候，仙乐已在云天飞旋，
仙姊们催促你赶赴王母盛筵。
你断然舍弃了母亲的蟠桃盛会，
轻驾祥云啊降临巫山之巅!

你解下玉袂投入急湍，
变成金鱼把船工救援；
你拔下金雀钗化为神鸟，
为船家引路啊昼夜翩跹。

从天宫你带来奇花异果，
让大地洋溢着幸福与甘甜；
当禾苗干枯，生灵憔悴，
你心血化甘露把万物浇灌。

你不再系念那豪华的盛筵，
船家的笑脸比蟠桃还香甜；
你无心倾听那迷人的仙乐，
船工的欢笑使你沉醉流连。

云霞给你织就绚烂的衣衫，
星月为你佩戴华贵的珠链，
你忠诚地屹立在巫山峰顶，
你永恒地生活在百姓心间!

1964年10月于四川大学

咏三峡（三首）

夜过巫峡

月亮在江涛中闪烁着银光，
峥嵘的峭岩在夜色中掩藏，
红绿的航标灯织成瑰丽的珠链，
探照灯的光剑劈开浓厚的雾幛。

像儿时从摇篮中甜蜜地醒来，
我激动地走到船舷上观望：
呵，听不见“猿鸣三声泪沾裳”，
一声长啸，巨轮欢笑着跨过诗画的长廊！

写在兵书宝剑峡

你为什么高悬在波涛之上？
你为什么深藏于峭壁之间？
万重山崖，就是你掩藏奥秘的壁柜？
千里峡江，倾诉着多么久远的期盼？

壮丽的三峡是一部神奇的宝书，
等待我们去熟悉、掌握、深钻；
而科学就是开山的宝剑，
待我们举起它，削平万道雄关！

三峡的电杆

高峡泊着宿雾，
奇峰剪碎蓝天，
猿猱都不敢攀缘的山顶，
从哪儿飞去插云的电杆？

像巍巍巨人在天地间挺立，
像光明使者挥舞霹雳闪电。
啊，架线工已走得很远很远，
他们的身姿、气魄和理想，
却长留于大江之滨，万山之巅！

1979 年写于三峡航船之上

致巫山

长江上浩浩荡荡的碧波
该是你滔滔流泻的血脉

山野间嫣红娇艳的红叶
该是你熊熊燃烧的心灵

那连绵磅礴的十二群峰
该是你巍峨彪悍的身影

那从龙骨坡走出的古人
该是你悠久历史的明证

那高峰上屹立万年的神女
该是你伟大而不朽的守护神

宁河上高置的悬棺和船棺
向世界展示你的古老和永恒

那华灯绽放的崭新的大街
又显示着今天的繁荣和光明

你把古典和现代融为一体
向世界展示民族的伟大复兴

2012 年 12 月初参加国际诗会再游巫山作

追　寻

你是巫峡上的巫山神女？
你是昆仑山的不老青松？
你总在前面召唤，
我总在后面追寻！

跋涉了多少高山峻岭，
经历了多少风雨泥泞，
我一次次追上你，
拥抱亲吻，痛快淋漓。

你很快又飞身更高的山峰，
挥动着手绢把我招引！
我不能不再次把你追赶，
我不能不再次把你追寻！

哪怕前面是风雨交加，
哪怕左右是虎啸龙吟。
追上你一次，获得一份欢乐和欣喜；
追上你一次，登上了新的精神高地。

从翩翩少年到华发苍颜，
从健步如飞到步履蹒跚，
五千年不懈地追寻哟，

追寻你的青春常在，美奂美轮！

你是我的梦中情人，
或是我的文学女神？
你请永远在高峰上召唤，
我将永生永世把你追寻！

2015年4月23日凌晨得诗意于梦境中的灵感

四面山黄昏

骑着鸦背
牵着夕阳
我在白云上行走
我在绿草中闲游

绿竹
摇着青春的舞步
山泉
合着心泉涌流

我的心如白云
轻柔
我的身似小鸟
自由

山城的山

如果没有了
——山!
山城
你会有这样雄峙坚挺
磅礴伟岸?!

如果没有了
——山!
山城
你会有这样苍翠碧绿
水灵蔚蓝?!

如果没有了
——山!
山城
你会有这样令人骄傲
令人依恋?!

如果没有了
——山!
山城
你会有这样彪炳强悍
深沉邈远……

2010 年 4 月 27 日

云

云上长树，
树上生云，
迷离成一片动荡的美景。

云上耸山，
山上喷云，
朦胧成一袭美丽的幻影。

云化烟霞，
烟霞变云，
幻化为一座缥缈的仙境。

雾

无中生有
有中化无
神奇缥缈
柔媚无骨

朦朦胧胧
恍恍惚惚
如诗如画
如泣如诉

如飘带
如纱巾
如美发飘逸
如漫空香乳

薄纱蝉翼
海绵烟缕
青山拉上了纱幕
在云中翩翩起舞

山，同我们捉迷藏
时藏时露
雾，跳起了狐步舞

美艳夺目

水一样漫过来
银一样涌过去
山在云海中颠簸
山在雾海中沉浮

多么奇幻
多么诡谲
多么神异
多么丰富

风缓缓拉开了幕布
雾化成了丝丝缕缕
山，淡出倩影
花，娇艳复出

云飘向了天空
雾沉入了低谷
飞向了天上的云窟
吸进了大山的肺腑

雾呵雾，你飞来飞去
飘进飘出——
装扮这如画的江山
滋润我广袤的国土

2005 年 5 月 4 日观金佛山云雾得诗意

青城诗情（三首）

咏青城（外一首）

你漫天的幽意
沁绿了我的身心

你悠悠的白云
牵引着我诗魂

你清空的钟磬
洗涤着我的凡尘

你霏霏的空翠
润湿了我的诗韵

给鸣蝉

青城的山格外幽
岷江的水分外秀
酿就你特异的好歌喉

像白云悠悠飘飞
像清泉淙淙奔流
像鸣琴铮铮弹奏

弹得山更绿
吟得山更幽
醉我一壶桂花酒

给蝴蝶

是滴翠的浓荫染绿了
我的衣裳？
是满空的幽香熏透了
我的腑脏？
一只蝴蝶穿进晃荡的车窗
轻轻地落在我肩上
恍惚中我化作了一朵山茶
一任她采撷蜜汁和芬芳

千年银杏

游雅安蒙顶山，见几十棵数人合抱的参天银杏，蔚为大观。当地人告诉我：它们已巍然挺立了两千多年……

粗壮的根系，
盘绕在高山之巅；
苍劲的枝干，
高撑于万里云天。

捧出了千万次
瑰丽的日出；
挥别过千万次
壮美的霞彩。

孕育出亿万颗
莹白的珠宝；
托举过千万只
雀鸟的翩跹。

看透了历史的沧海桑田，
站成万年不凋的风景线。
心中珍藏着一个梦想：
让大地永远春色烂漫！

2011 年雅安碧峰峡度夏，游蒙山茶园作

剑门关抒怀

汽车载我驰向剑门关，
峥嵘的峰峦挤窄了蓝天。
一座座高峰似并肩的巨人，
古柏的甲胄显得气象威严。

车窗外突然闪过一线栈道，
一缕历史的游丝飘过心间。
盘绕的古藤垂挂着往昔，
云梯般陡峭，小溪般曲折，细蛇般蜿蜒。

迂回的栈道是历史的向导，
牵着我的思绪飞向了古代。
我仿佛看见一位伟大的诗人，
骑着毛驴在古道上奔走咏叹。

他咏叹四万八千年开国的历史，
他讴歌古松倒挂、飞湍喧豗的河山，
他叹息百步九折的巉崖难于攀越，
他感叹这蜀道之难难于上青天！

一声嘹亮的汽笛把我载回了现在，
火车似游龙，在云霞中恣意盘旋；
高压线把五线谱谱在浩阔的蓝天，

电视塔向大地发射着美丽的诗篇。

啊，栈道铁路，毛驴汽车，石碑铁塔
——几千年的历史浓缩在眼前。
多想挽起诗仙手臂同游蜀道啊 ——
让现代化的大道引我们直上青天！

题剑门巨柏

巍峨潇洒
挺拔着伟丈夫的脊梁
伟岸风流
俏丽着天仙般的形象

烈日风霜
磨砺你铮铮硬骨
战火刀枪
更显你正气堂堂

翩翩舞袖
书写着锦绣华章
团团绿云
连绵成翡翠画廊

给大地以浓荫翠盖
给历史以凤舞龙翔
给后代以珍贵的馈赠
给诗人以飞扬的幻想

1992 年 11 月 27 日游剑门关得诗意

碧峰峡三题

题碧峰峡

窗前缠绵着米芾的画卷
脚下弹奏着阿炳的琴弦
多情的云雾掩映着西施的面庞
夕阳在晚风中闪耀昭君的笑脸
啊，这里是美妙的仙境
抑或是人间的乐园

再题碧峰峡

青山无处不入画，
流水何时无佳音。
人升天堂自在游，
心随青鸟飞仙境。

三题碧峰峡

天，是这样的蓝
蓝得像透明的翠羽
又像是澄澈的大海

云，是那样的白

白得像初吐的蚕丝
又像是少女的良心

空气，是如此纯净
没有一丝杂念
没有一星灰尘

植被，是那样的繁茂
你争我抢，叠翠堆绿
簇拥着每一寸土地

碧峰峡，碧峰峡
是上苍赐予的宝地
是大地奉献的爱意

2011年7月6~8日
川大中文系60级同学聚集于雅安碧峰峡成诗

梦笔生花

从亿万年海底崛起
直冲向高高的天宇
孕育了五千年的美梦
绽放于凌云的巨笔

汲取了地心的灵液
饱蘸着飞扬的灵气
喷吐出胸中的万丈豪情
蓝天上谱写辉煌的诗句

大笔在空中挥洒
梦想在人间开花
赤橙黄绿青蓝紫
绘出宇宙间最美的巨画

2014 年 1 月 15 日西南大学学府小区

张家界的风度

孤峰独立
金鞭穿云
玉柱擎天……

张家界哟
男子汉的气魄
男子汉的风采

野花遍地
佳树如云
绿水绕山……

张家界哟
兼有女性的温柔
女性的缠绵

2000 年 8 月游张家界作

上华山

拽着大山铁腰带，
踏着大山阔胸怀，
云霞里飞升，
雾霭里盘旋。
攀上百尺峡，
翻过擦耳岩，
回心石前不回心，
猢狲愁处笑语连，
金锁关锁不住凌云志，
紫气台畅迎那紫气来。
哪怕它奇峰壁立天梯险，
哪管它汗珠落地摔八瓣。
心中一股浩然气，
高歌一曲腾云端。
巨灵足前留足印，
南天门上摘云彩。

登华山，思人生，
壮丽雄奇靠登攀。
愿借华山石，
砥砺生命剑；
愿借华山松，
壮我英雄胆。

峰峦越险气愈壮，
道路越陡志愈坚。
纵览天下美景，
编织锦绣诗篇。
青春之火永不灭，
理想之花绝顶开。

1978 年游华山作

西湖诗舟（三首）

白鹤飞起来了

皎洁的白鹤飞起来了，
腾起在晚霞溶溶的荷田。
超逸的仙女飞起来了，
横绝于暮色霭霭的远山。

点点流动的色彩，
飘曳在绿水青山。
丝丝甜美的情韵，
灌醉我迷惑的心田。

九溪秋韵

清莹的溪水弹奏着鸣琴
满山的茶林散发着芳芬
霏霏的细雨飘洒着诗意
朦胧的山岚蒸腾着柔情

松竹野花
为山峦披上了翠绿的衣裙
潺潺小溪
为石径镶上了唱歌的花纹

没有独自在秋雨中漫步九溪
你真不算领略了西湖的秋韵

流蜜的夜

白鹤衔走了玫瑰的云船，
新月撒下了朦胧的纱帘。
西湖晃荡着诱人的碧波，
垂柳摇曳着温柔的召唤。

一辆辆飞鸽驮来了青春的渴求，
一艘艘游船载不动灼热的思念。
石凳上交换着甜甜的吻，
草坪上依偎着缠绵的爱。

晚风在情话中收起了翅膀，
新月在波光中合上了眼睑。
西湖的夜哟，流蜜的夜，
青春和爱情牵出朗朗晴天。

绵阳诗会新绝句（四首）

柏树丛中

阳光在柏树间戏弄斑纹
轻风在绿叶中撒播氤氲
悠悠钟磬洗去凡尘俗虑
劳累身心获得愉悦宁静

题清莲乡

清清的盘江
孕育出诗仙的诗风情韵
诗仙的诗情
提升了青莲的文化品位

悠悠的钟磬

悠悠的钟磬敲着
淡淡的香烟袅着
清清的凉风荏苒
恬恬的心怀沉醉

诗歌是……

诗歌是铜鼓
越敲越嘹亮
诗歌是竹笛
越吹越奔放

2007 年 7 月 21～23 日，参加中国绵阳诗会得诗意

世博会之歌

这里是花的世界
这里是绿的海洋
五湖四海的鲜花
在这儿欢舞
亚非欧美的笑脸
在这儿歌唱

这里是艺术的世界
这里是诗歌的海洋
千娇百媚的建筑
在这儿大放异彩
五颜六色的韵律
汇成华美的乐章

这里是和平的世界
这里是友谊的海洋
几十个民族在这儿
联欢聚会
几十个国家在这儿
心花怒放

这里是真正的百鸟争鸣
这里是真正的百花齐放

笑脸与鲜花争奇斗艳
心儿同百鸟自由翱翔
愿全中国都变成美的花园
愿全世界都溢满爱的琼浆

1999 年 7 月作于云南

丽江四方街

五彩缤纷的历史
凝结成五彩缤纷的花石

五彩缤纷的花石
铺砌成悠远缥缈的神奇

流荡着纳西古族的风韵
回旋着东巴古文的神秘

敞开着如山似海的胸襟
载驮过如云似霞的驼铃

辉映着玉龙雪山的朝晖
延伸着香格里拉的奇迹

飘曳着唐诗宋词的韵味
跻身于世界文明的遗迹

像一颗璀璨夺目的珍珠
镶嵌在东方古国的历史

泸沽湖的波澜

像远古的传说幽幽地传来
像缤纷的美梦若隐若现
像女神的眼波亲切地流转
像苍茫的烟云欲聚还散

泸沽湖的波涛哟
轻柔地，轻柔地
拍打着我沉醉的心弦

像旦务比寺的风铃悠悠飘旋
像嗒嗒的蹄声叩开牧场的雾幔
像阿夏的情歌把繁星唱亮
像木若的百褶裙把明月舞圆

泸沽湖的波涛哟
轻柔地，轻柔地
撩拨着我思念的情弦

像老祖母的故事代代相传
像走婚的步履神秘而缠绵
像玛尼堆的经幡迎风摇曳
像女儿国在诉说过去和未来

泸沽湖的波涛哟
轻柔地，轻柔地
波荡着我痴迷的情感

1998 年 8 月于泸沽湖

飞越野象谷

这才是真正的百花齐放，百鸟争鸣，

这才是真正的万树参天，自由竞争。

每一个生命都自由地、酣畅地

汲取着地心的养料、空中的阳光、空中的气息，

每一个个体都无拘无束、尽情尽意，

蓬蓬勃勃地发展着自己。

这里没有中心、没有霸道、没有特权、没有刀剑，

这里，每一个生命，从单细胞的孢子，到小草，到荆棘，到大树，

都凭自己的能力和本领，汲取着、生长着、繁衍着；

这里时时地开着花、结着果，也时时地衰竭着、死亡着。

每一个个体都是渺小的、短暂的，

但是，结成林、连成片、抱成团，

无限生长，无限延伸，无限绵延，

于是，就显得无比的伟大，无比的磅礴，无比的永恒……

啊，大森林

一

啊，大森林，啊，大森林
你从远古的洪荒走来
你向无限的未来走去
你浩浩荡荡，无边无际
你蓬蓬勃勃，遮天盖地
你撑起无尽的爱心拥抱飞禽走兽
你敞开博大的胸怀吐纳雷霆风雨
你绘出一望无尽的绚丽色彩
你谱写万紫千红的盎然生机

二

啊，大森林，啊，大森林
你博大幽深，壮丽连绵
你包容和谐，魅力无限
你相互竞争，相互绞杀
又相互支撑，相互缠绵
你把腐叶化为肥沃的营养
你把毒液转为嫩绿的新鲜

三

啊，大森林，啊，大森林
你带给人类多少恩典
你是我们成长的摇篮
可是，我们却愚蠢地砍伐你，焚烧你
你却从不记恨，依旧以无比的爱心
给人类以甜蜜的乳汁和丰盛的营养
雷霆闪电，千万次地鞭打你的躯干
你却从不屈服，倒下又爬起，巍峨刚健
你为我们奉献最香最甜的果实
你为我们画出最新最美的图案，
你是生生不息的典型
你是坚贞不屈的风范
让我做你怀中的一棵香樟吧
把你的芬芳向世界弥漫
让我做你心中的一朵牡丹吧
把你的色彩向世界弥漫

2010年7月29日，西双版纳景洪橄榄坝

在大自然中

我来自自然
我热爱自然
我欣赏自然
我融入自然

我在大自然中
观察着自己
认识着自己
欣赏着自己
印证着自己

我在大自然中
解剖着自己
解脱着自己
洗涤着自己
清新着自己

我在大自然中
沉醉着自己
升华着自己
美化着自己
完善着自己

从自然中来
回自然中去
我与大自然
永远是一体

2001 年 8 月

燕子岩抒怀

我是一只小小的燕子哟
欢欣地飞回了我的故园

听潺潺的流水
弹奏青春的琴弦
听翩翩的百鸟
唱出迷人的天籁

赏不完
莽莽苍苍的百里画卷
吟不尽
层层叠叠的优雅诗篇

更有那悬崖峭壁的
风雕雨刻
更有那野花藤萝的
云织霞染

刚健的石笋
挺拔着傲岸的生命之根
嫩绿的洞穴
演绎着深邃的生命之源

燕子岩呀，飞瀑悬泉
泻不尽你青春的激情壮采
燕子岩呀，高峡深谷
展不尽你生命的幽深奇险

我是一只小小的燕子哟
欢欣地飞回了我的故园
你是我灵魂的归依
你是我智慧的源泉

2001年8月作于贵州赤水

凤凰交响曲（三首）

凤凰啊凤凰

凤凰啊凤凰
心驰啊神往

黄永玉的彩笔飞扬
沈从文的天纵华章
宋祖英的天籁之音
陈宝箴的四代辉煌

凤凰啊凤凰
文脉啊流香

一溪碧天般的色彩
两岸梦幻般的楼房
融进晚霞的玫瑰万朵
流泻一片绚烂的芬芳

凤凰啊凤凰
新时代的乐章

我的心犹如小船上的双桨
永远划动在你诗画的长廊

我的情凝固成华美的桥梁
连着你的历史现实和梦想

凤凰啊凤凰
永恒的梦乡

2013年6月2日晨4时写于烟雨凤凰楼

写在沈从文墓前

一脉清冽的泉水，
从你的墓旁流向了沱江。
一绺深切的思念，
潺潺地萦回在我的心上。

在淳朴的沱江边成长，
汲取了野花和野果的馨香；
用你的灵气和野性来孕育，
幻化出那么多清纯的形象。

为我撑船的老船工，
多像你《边城》中的船长；
你笔下淳朴的翠翠，
还在我们身边歌唱。

历尽了人世的风雨沧桑，
又悄悄回到故乡的怀抱；
静听着沱江美妙的涛声，

欣慰着凤凰的展翅高翔……

2013 年 6 月 2 日晚拜谒陵墓，3 日晨草于烟雨凤凰楼

吻别凤凰

一步三回头，三步九回望，
我依依不舍地告别了凤凰。

怀想你一天碧云般的江水，
脉脉地漫进我滚烫的心房；
倒映着两岸的古典和现代，
融成我心中的彩色的画廊。

怀想那夕阳艳艳的色彩，
融化为沱江上斓漫的诗行；
天上的银河在脚下流泻，
古典和现代奏出梦幻乐章。

一步三回头，三步九回望，
我恋恋不舍地吻别了凤凰……

2013 年 6 月 5 日于重庆人文科技学院

新疆之歌

你是我千年凝聚的神往哟
你是我万代不变的企盼
你是我理想驰骋的壮阔哟
你是我挥洒青春的浪漫

哦，新疆
我梦绕魂牵的家园

你天山上灿然竞放的雪莲哟
你牧场上万紫千红的花环
你交河古城隐藏的千古奥秘哟
你姑娘美目流泻的深邃祈愿

哦，新疆
我的心融化在你滚烫的胸前

我愿你雪白的棉桃盖过天上的云海
我愿你清甜的葡萄覆盖亘古的荒原
我愿你涌动的石油流遍地北天南
我愿你优美的歌舞飞向世界舞台

哦，新疆
为了你，我愿奉献热血和肝胆……

1998年8月于乌鲁木齐

下龙湾新绝句（六首）

一

我在黎明中走向秀丽的海滩
燃烧的朝霞映亮蓝色的波澜
海边的公园睁开蒙胧的睡眼
海中的仙女笑亮醉人的容颜

二

这才是真正的海外仙山
美丽的仙女不再虚无渺远
她们一个个展示出绝妙的风韵
勾住你的魂魄更迷住你的双眼

三

千百个神仙在海滩上漫游
千百个仙女在海浪中翩翩
下龙湾啊，你绮丽绵延的仙境
让千万个游人沉醉缠绵

四

清浅的漓江变成了连绵的大海
阳朔的群峰化成了活动的仙山
下龙湾再现我桂林的仙境
让我恍若在故土陶醉沉酣

五

壁立的山岩，独秀的青峰
飞驰的神马，缥缈的帆篷
大海中游戏着千万条蛟龙
海岛里藏匿着神奇的溶洞

六

我欢快地扑向大海
任身心在碧波中畅意游玩
蓝天白云海上仙山
任心灵在海天间盘绕飞旋

我爱你——竹海

——写在蜀南竹海回音壁

一

面对巍巍群山，
浩浩竹海
我深情地深情地
大声呼喊：
我爱你！
我爱你！
连绵群山
浩瀚竹海
山鸣谷应
宛转缠绵——
我爱你！
我爱你！

二

我爱你——
临风摇曳的倩影
亭亭玉立的身姿
节节向上的气质
参天而立的伟仪

我爱你——
千株万株
手挽手
肩并肩
组成迎宾的大道
连成翡翠的长廊
画出龙吟虎啸的风景
搭起遮天蔽日的篷帐

我爱你——
春日里迎风朗吟的清秀
夏季里抗击风暴的伟力
冬雪中披霜戴银的高洁
秋月下横扫落叶的气势

我爱你——
给山泉以灵秀妩媚
给大山以风情骨气

三

我爱你——
一连十
十连百
百连千
千连万
汇成漫天云锦

装点千山万岭
聚成绿色屏障
筑成钢铁长城

我爱你——
千年万载
年年月月
嫁出千万美女
育出万千壮士
立起冲天的井架
撑起舒适的楼宇
为餐桌奉上美食
为儿童奉献欣喜

我爱你——
不惧风雨雷电
敢抗冰雪霹雳
却甘愿粉身碎骨
化成文明的使者
让人们抒情写意
为人类传承文脉

你把生命融进了诗词歌赋
你将灵魂汇入了亿万典籍

我爱你——
你潇洒出尘的风姿

给苏学士多少灵感
你傲然俏立的风骨
给郑板桥多少画意
你云蒸霞蔚的壮丽
给了我多么美丽的联想
你山连海涌的宏伟
给了我多么宏阔的诗意

我爱你——
从地底拔节而起
由小小的竹笋
长成参天的巨人
历经了多少雨雪风霜
熬过了多少雷电霹雳
你不屈不挠
奋然崛起
你绵延不绝
生生不已

枝干——永远挺拔
绿叶——永远葳蕤
翠色——越来越浓
天地——越来越广阔深邃

四

啊！我爱你——竹海
我走向你——
就是走向崇高
走向圣洁
走向和谐
走向友谊

我走向你
就是在寻找
在确认
在印证
在升华
——我自己

五

啊！面对你铺天盖地的翠绿
面对你辉煌舒展的画卷
面对你磅礴绵延的交响
面对你滔滔流淌的史诗
我想起
五千年
壮阔迷人的历史
我想起
大中华

巍峨挺拔的儿女
啊！我怎能不
用生命的激情高呼啊——
连绵的竹海哟
我爱你
我爱你
我爱你

我听见——
茫茫竹海
山呼海啸
日月星辰
久久共鸣——
我爱你
我爱你
我爱你
这回声哟
沉雄宏放
经久不绝
经久不绝……

2006年10月15日凌晨写于宜宾银峰宾馆

第三辑
心灵的浪花

我要做擎天的大树

面对给小草的一片颂歌
我要大声地宣告：
我要做擎天的大树，
不愿做萎靡的小草。

是的，我不屑做卑微的小草，
而要做大树高高！
根，扎进大山的怀抱，
叶，歌唱在白云青霄。
任山鹰孔雀做巢，
与日月星辰舞蹈。
烈日下撑一骨信念，
风暴中挺一身自豪。
为大地铺清凉的绿荫，
给人间送香甜的珍宝！
活它个千年万载，
活它个自由笑傲。
站着
——竖栋梁千柱，
倒下
——铺枕木万条。
即令被埋进地心，
也凝成乌金闪耀。

一旦遇着了火星，

我还要熊熊燃烧！

栀子花

杨开慧同志故居的小园里，栀子花又已开放……

白雪一样皎洁，
玉石一样明亮，
比百合花更清丽，
比玫瑰花更清香。

——板仓的栀子花呀，
你为何这样高雅芬芳？

酷日喷火，你枝干劲挺，
严霜匝地，你头颅高昂；
匪徒逞凶，挖不断你的深根，
战士归来，你又欢笑怒放！

——杨开慧种植的栀子花呀，
你为何如此坚贞，如此刚强？

你洁白的花瓣似明月
反射着太阳的灿烂光芒；
你圆圆的花朵似喇叭，
把开慧的事迹轻轻宣讲。

——摘下一朵板仓的栀子吧，
永远戴在我们的心坎上……

啊，母亲

你的爱，
是朵朵浪花滚滚波涛浩浩大海
托着我生命的航船
驰达幸福的彼岸
啊，母亲！

你的爱，
是油油沃土灿灿阳光汩汩甘泉
铸成我丰硕的果实
献给金色的秋天
啊，母亲！

梦　母

母亲，母亲，
你在哪里？
想你，恋你，
直到梦里！

——我向你举杯，
祝你生日
我为你祝福，
祝你长命百岁

醒来
怅然若失
不见亲娘影
只有满脸泪水滴

母亲哟，你的恩情
你的慈爱
你的品德
——长留我心底

根的交响

谢绝尘世的喧嚣
抗拒光与色的诱惑
扎根于泥土的深处
拥抱大地的心脏

在漆黑的地心
你悄悄地舒展
交叉重叠
纵横蔓延
在阴冷潮湿和孤寂中
默默地孕育
无声地歌唱

你深沉的声韵哟
流泻为
枝干的劲挺
激扬为
绿叶的欢歌
升华为
果实的甜香

当小树
成长为

参天的桥梁
世人才
惊奇地发现——
你缠绵的深情
生命的交响
你岩石般的执着
太阳般的辉煌

心　愿

我愿是一片轻盈的云朵，
稳稳地托起你稚嫩的翅膀，
飞向那蔚蓝的晴空，
飞向那玫瑰红的理想。

我愿是一场润泽的春雨，
无声地飘进你渴求的心房，
催生出片片新生的绿叶，
吹送出阵阵迷人的馨香。

我愿是河中的一盏航标，
风里浪里擎一柱炽热的光芒，
护送你青春的白帆绕过暗礁，
笑看你驰达胜利的海港。

巍峨的大厦呼唤栋梁，
我甘愿化作膏腴的土壤，
托着你长成参天的大树，
欣慰地祝福你开花吐香！

鹰

哦，森林像锦缎般翠绿鲜亮，
溪流似银练般闪烁银光，
你轻轻舒展天鹅绒的羽翼，
乘着上升的气流恣意翱翔。

眷恋地回顾你的窝抚育你的娘，
母亲深情的嘱咐，又在耳边回响：
是雄鹰，就不恋故巢，不恋母亲怀抱，
去吧，快飞向无边天宇，飞向那高山大洋！

啊！天空像海洋般辽阔宽广，
彩霞似宫阙般壮丽辉煌，
在母亲瞩望中，你抖开丰满的羽翼，
箭一般飞向那世代向往的天堂！

漫步在母校校园

步步都是音乐
声声都是诗篇
心跳都是感激
脉搏都是忆念

一朵小花
一簇醉人的回味
两瓣树叶
一双亲昵的眼睛

每根大树
都是一位熟悉的身影
每盏灯光
都是一声明亮的叮咛

脚步轻轻
漫步在我心灵的圣坛
爱的流泉哟
暖透了我的身心

只有热爱母校的人
才懂得热爱人生
只有不忘师恩的人
才有优美的心灵

四十年的回忆诉不完

——写在四川大学中文系 60 级同学毕业 40 周年聚会上

四十年，四十年
我们人生的脚步
跋涉过多少崎岖的山路
终于登上了至高点

四十年，四十年
我们生命的航船
闯过了多少激流险滩
终于驰向了浩瀚的大海

四十年，四十年
我们经历了多少风雨雷电
终于迎来了杲杲红日
朗朗晴天

四十年，四十年
我们付出了多少心血和爱恋
终于获得了美好的爱情
美好的家园

四十年，四十年
我们经过了多少拼搏
我们经历了多少艰难

终于把美梦画成了鲜红的圆

四十年，四十年
我们把心血洒进沃土
我们把勤奋写进年轮
我们将理想高扬蓝天

四十年，四十年
我们没有辜负父母的养育
我们没有辜负老师的教诲
我们没有辜负母校的期盼

四十年，四十年
我们又团聚在母亲的胸怀
甜蜜的回忆诉呵诉呵诉不尽
激情的歌曲唱呵唱呵唱不完

四十年，四十年
我们的额头爬上了皱纹
我们的青丝变成了苍颜
但是，我们忠于祖国的心不会变

永远不会变，永远不会变

2005年7月30日于四川大学

母校的思念

五十年的思念
如翠绿的锦江
长流不倦
五十年的思念
如锦江畔的垂柳
飘逸娇软
五十年的思念
如荷花池的荷香
在心中弥漫
五十年的思念
如教学楼的钟声
在耳边回旋

五十年
老师的慈目善颜
还闪亮在我眼前
五十年
室友的倾心交谈
还絮语在我耳边
五十年
初恋时的绵绵情话
还撩拨着我的心弦

啊！母校——川大
雏鹰起飞的窝巢
大江奔泻的源泉
我灵魂的归依
我青春的摇篮

2014年4月9日凌晨，灵感突然袭来，
记于重庆人文科技学院一元庄

我走在绿荫的校干道上

我走在绿荫的校干道上
高大的梧桐热情地鼓掌
嫩绿的桃树亲热地点头
红艳的花朵扬起青春的脸庞

我走在绿荫的校干道上
满腔豪情点燃瑰丽的霞光
用智慧的乳汁浇灌满园的花果
用深情的手臂托起金色的太阳

2004年10月14日育才学院上课路上吟成此诗

粉　笔（外一首）

满储着雪白的心意，
倾吐着纯洁的情感。
书写在长方的黑板，
也写在学生的心坎。

像心灵一样洁白，
像人生一样纯洁。
化着纷飞的白雪，
润泽春天的原野。

教　案

融进星月，融进朝霞，
融进青丝，融进白发。
一页页，一叠叠，
一本本，一册册，
化着云梯，化着云锦，
托着希望，飞向未来。

此二诗于2010年3月22日读九叶诗集时，突然灵感袭来，得诗意，乃读书激发灵感之实例也。

我骄傲，我是教师

一

我骄傲，我是教师

我从孔子的教诲中走来
我从孟子的脚印中走来

我从先人祭祀的牌位中走来
我从韩文公的《师说》中走来

我从岳麓书院的绿荫中走来
我从延安抗大的窑洞中走来

我骄傲，
我是教师！

我有那样辉煌而久远的
血脉和渊源

二

我骄傲，我是教师

几千年文明的积淀
融于乳汁般的话语
浇灌纯洁的心田

数十年生命的甘苦
化为和煦的春风
吹拂青春的白帆

我用雪白的粉笔
书写着人类的足迹
也书写着青春奋进的诗篇

我用金色的教鞭
牵引着学子的目光
也牵引着地平线上的霞彩

我骄傲，
我是教师！

高擎心灵的火炬
照亮千万学子的心田

三

我骄傲，我是教师

驾着生命的航船
把莘莘学子渡向远方

把蒙昧渡进文明
把僵化渡向开放

用晨曦度亮瞳仁
把暖流送进心房

我骄傲，
我是教师！

捧出一颗赤心
迸射万丈霞光

四

我骄傲，我是教师

传承文明的纽带
抚慰心灵的药方

人类进步的催化剂

历史航船的螺旋桨

荒原上红通通的篝火
花朵上最纯洁的月光

我骄傲，
我是教师！

春雨，浇红了每一朵桃花
地基，托起了每一棵栋梁

五

我骄傲，我是教师

历史车轮的旋转中
我的心血在汽缸中燃烧

时代巨轮的航程中
我心灵的帆篷在顺风高张

祖国烂漫的花园里
我培养的桃李流彩溢芳

哪一位人才的出现
没有我智慧的滋养

哪一位智者的心中
没有我思想的闪光

哪一位伟人的成长
没有我精心的培养

我骄傲，
我是教师！

太阳下最光辉的职业
人世间最美丽的希望

2005 年 10 月 21 日初稿
2005 年 12 月 3 日修改

建　房

爷爷
用肩头
担着泥土和竹木
垒起茅草房

爸爸
开着拖拉机
运来砖瓦和木料
盖起瓦房

我
驾着东风车
载来钢筋和水泥
建起楼房

白衣使者颂

感谢前人
给你起了
那么美丽动人的名字
——白衣天使

笑脸，苹果一样甜蜜
眼神，月牙一样妩媚
话语，清泉一样甘美
手势，春风一样温馨

每一朵微笑
都熨帖着我们的忧虑
每一声问询
都润泽着我们的焦心

每一个动作
都拂去我们的痛苦
每一次光临
都带给我们以信心

比蒙娜丽莎还娇媚优美
比明月清风还温馨柔情
比灵丹妙药更解除病痛

天仙般抚慰我们的心灵

白衣天使哟白衣天使
——感谢前人
给你起了
那么美丽动人的名字

2007年3月8日晨于育才学院

奥运会断想（二首）

人　生

没有爬不过的陡坎
没有翻不过的难关
没有闯不开的关隘
没有解不开的谜团

只要你敢走
哪怕走到个血迹斑斑
只要你敢闯
哪怕闯它个海枯石烂

陡坎会变成凯旋的大道
难关会变成珍贵的纪念
关隘会织成芬芳的花环
谜团会铸成金色的奖牌

超越极限

人生有多少潜能？
人生有多少极限？
人生有多少金牌？
人生有多少桂冠？

发挥你生命的潜能
冲击你生命的极限
勇敢地超越自我
夺取自己的金牌和桂冠！

2008 年 8 月 15 日在杨家坪工人疗养院创作时，看奥运比赛有感而作

嫦娥奔月

有一个美丽的传说
流传了万载千年
美丽的嫦娥姑娘
飞向了月亮宫殿

同吴刚畅饮美酒
与玉兔相依相伴
嫦娥啊怀念着家乡
夜夜在天上探看

家乡人也惦念亲人
月月向月宫仰观
直盼到今年今夜
送新的嫦娥飞天

经历了多少曲折坎坷
经过了多少奋斗登攀
终于迎来了复兴的年代
中华的巨龙飞升九天

把神州建成天堂
将月球变成乐园
再飞向火星和金星

开发新的旅游景点

这不是异想天开
而是当代人崭新的梦幻
千年的梦想正变成现实
新的理想托我们飞向更美好的明天

2007 年 10 月 25 日晨于白市驿

生死都是家乡人

余世代重庆人，时值重庆直辖10周年，特赋诗咏怀。

巍巍巴山望不断
望不断的群山是我魂
滔滔大江流不尽
流不尽的江水是我情
江水飞腾浪花开
朵朵浪花是我心
身心常伴神女游
魂儿常随巨轮行
心作三峡涡轮转
迸出电火送光明
情铺大桥高速路
迎送南来北往人
笔写山城风情美
讴歌重庆英雄情
百年人生爱不够啊
死后魂系朝天门
笑看三峡变画廊
笑看重庆成仙境
生生死死常相恋啊
生生死死都是重庆人

2007年6月17日重庆

我的歌

在周口店
　森严的洞穴中
　　庄重地受孕
在半坡村
　原始的图腾中
　　徐徐地飞升
《离骚》中的
　芷草和兰花
　　将我熏染
李太白的
　黄河惊涛
　　将我催生
我是——
　燧人氏
　　点燃的
　　　一笼不息的篝火
神农氏
　播下的
　　一颗饱满的谷穗
巨龙般骁腾的
　万里长城上
　　一匹斑驳的古砖
　　一片闪光的龙鳞

琴弦般鸣奏的
千里大江上
一朵纯美的浪花
一曲悠扬的琴音
我是——
西湖上空
一片自在的白云
玉皇顶上
一棵伟岸的青松
戈壁滩上
一脉清冽的泉水，
昆仑山巅
一块晶莹的璧玉
《霓裳羽衣舞》中
美艳逼人的
翩翩彩袖
圆明园中
一篼焦而不死的
苏生的树根
我是——
涅槃的凤凰
那腾飞羽翼
惊醒的苍龙
那凌云的雄姿
我是——
滔滔东海上
排空的巨浪

驰向幸福的
嘹亮的笛韵
我是——
连接贫穷和繁荣的
金色的桥梁
撒向蛮荒和莽原的
文明的种子
我是精卫——
用凝血的喙子
衔来科学的息壤
填平神州与世界的
沟壑
铺筑通向现代化的
大道
我是夸父——
不息地追踪
真理的太阳
把全部骨肉
化为
催生万物的土壤
让每一根毛发
都变为
鸟舞鹿鸣的森林
用滚烫的热血
去浇出
覆盖沙漠的麦浪

啊！
我是黄帝的儿子
　尧舜的赤心
我是大地的馈赠
　宇宙的精英
我是长江
　千回百折
　　奔向大海
我是石林
　山摇地动
　　永远坚贞

我的幸福

幼小时
幸福——
是妈妈的乳汁
甜甜地喂饱我的饥渴
是妈妈牵着我
在花园里散步
教我把唐诗宋词吟哦
是爸爸
温暖的胸怀
紧紧地暖着我
是爸爸
抱我在马背上
纵马飞跃

幼年时
幸福是——
幼儿园里
排排坐
吃果果
听老师讲
大灰狼的故事
女娲补天的传说
是欢快地老鹰捉小鸡

我们跟在老师背后
躲呀躲
笑呀笑
乐呀乐

少年时
幸福是——
书摊上看小人书
茶馆里听讲评书
——《三国演义》
《水浒》《说岳》
看得津津有味
听得忘了饥饿
是几姊妹一同做功课
是院子里捉迷藏
到长江里兴波

进了大学啊
幸福是
对知识的渴求
对未知的探索
沉醉于
《楚辞》的意境
《庄子》的传说
李白的黄河之水天上来啊
李煜的垂泪对宫娥
浴着晨曦背《楚辞》啊

阶梯教室听讲座
与知心的朋友
校园里切磋诗作
同理想的伴侣
锦江边卿卿我我

工作后
幸福是——
教学上
得心应手
课堂上
滚瓜烂熟
夜灯下的振笔疾书
霜晨中把灵感捕捉

我用赤诚的心灵
为英雄高唱赞歌——
在历史的烟云中探寻
在沸腾的生活中求索
我踏着周总理的足迹
我走进陈老总的故居
与烈士的亲人们促膝谈心
在监狱的遗址上徘徊思索
当我理清了历史的脉络
当我找到了真实的线索
当我为烈士的遗孀洗清了冤屈
当我把英雄的雕像搬上了屏幕

所有的艰辛都凝聚成喜悦
一切的辛劳都化成了欢乐

当我死时
我最大的幸福
就是——
面对皇天后土
面对后代子孙
我能够骄傲而自豪地说：
我真诚地生活过
我已不懈地拼搏
我把知识、积累和体验
都传给了莘莘学子
我把心血、智慧和才华
都凝聚成精神的花果
——我没有碌碌无为
没有虚度年华
我活得真诚自信
也活得幸福快乐

2006年6月8～9早上6～8点于育才学院

我感激

我感激——
我的父母双亲
用圣洁的爱情
赋予我珍贵的生命
用甜蜜的乳汁和高尚的品德
把我哺育成人

我感激——
我的老师和前辈
撑起知识的帆篷
把我送上拼搏的航程
挥动精神的雕刀
塑造我真善美的灵魂

我感激——
我人生的伴侣
你用炽热的爱情
温暖着我的身心
你用诚挚的关怀
滋润了我的生命

我感激——
我的同事邻里，至爱亲朋

工作中一次次真诚地合作
相逢时一回回热情地握手
困难时一注注鼓励的眼神
胜利时一掬掬温馨的笑容

我感激——
我的文坛杏苑
给了我一抔净土
让我享受耕耘的幸福
给了我一座舞台
让我挥洒奉献的激情

我感激——
我的皇天后土，日月星辰
给了我丰美的衣食
给了我灿烂的美景
给了我展翅飞腾的天空
给了我攀登不息的峰顶

我感激——
我的亲朋好友，我的祖国人民
我愿献出生命的每分每秒
报答你们太阳般的关心
我愿燃尽全身的每滴热血
回报你们大海般的恩情

2004年11月20日凌晨3点于白市驿菊香斋

2005年7月9日修改

新重庆放歌

一

壮丽的三峡哟
　举起
　　连绵的臂膀，
欢腾的川江哟
　吟诵
　　豪迈的诗章，
宽阔的朝天门
　敞开
　　热情的胸怀，
高高的两江亭
　倾注
　　灼热的目光，
祝贺你
　——新重庆
直辖十年呵，
你迎来了
　多么美好的
　　发展机遇，
创造了
　何等辉煌的
　　历史篇章

二

山城呵
　我的故乡！
你有——
　山的伟岸
　　江的豪放
你有——
　大禹的忠毅
　　巴蔓子的悲壮
你有——
　陪都的风采
　　红岩村的灯光
当大禹
　高举巨斧
　　劈开三峡的顽岩
涂山氏
　踮脚翘望
　　站成深情的山冈
啊！大江哟
你奔泻的是
　无私奉献的赤诚
　　情意缠绵的诗行
当巴曼子
　倾尽滚烫的热血
　　回报故土

捧起忠义的头颅
答谢楚王
啊！大山哟
你隆起的
是以身报国的忠贞
是大义凛然的华章
当残暴的兽蹄
践踏母亲的肌体
重庆哟
你聚集了
中华儿女的精英
红岩村
把团结抗战的火炬
高擎在人民心房
当刘伯承、邓小平
爽朗的川音
在巴山蜀水回荡
人民生产的
新重庆
挟两江雄风
开始了光辉的起航

三

十年前
当三峡大坝
即将截断

巫山的云雨
长江的龙头
已然昂首于
世界的东方
当西部大开发
的号角
从中南海
吹遍西部的
穷乡僻壤
党和人民啊
把历史的重任和荣光
放在了你的肩上！

在喧天的锣鼓中
我看到了
你眼中闪烁的泪花
我感触到
你胸中热血的激荡
我看到——
市委大院
闪烁的灯火
融进了
两江四岸的
高楼桥梁
一届届
新领导
高瞻远瞩

勇开拓
驾驭巨轮
向前闯
三千万
水手啊
爱国爱家
爱家乡
放开手脚
干一场
捧出
大江般的豪情
举起
山岳般的手掌
把一座现代化的
新重庆
献给
二十一世纪的东方！

四

十年哪
一座座跨江桥
彩虹飞架
一条条高速路
彩带飘扬
连接起
城市和乡镇

内陆和海港
嘉陵和长安
用飞旋的车轮
为边远的山区
插上奋飞的翅膀
重钢和川维
以浓浓的情意
给库区的人民
载去繁荣和希望
中心城
卫星城
小城镇
满天星月交辉
老品牌
新名牌
新产品
传遍五洲四洋
锦绣山庄
星罗棋布
美不胜收
水天花园
山水相依
遍地芬芳
巍巍大坝
巨人般挺立
汇成了人造海洋
万吨巨轮

像浮动的城市
满载欢乐和幸福
渝海直航
激情的涡轮
放声高歌
把无穷的动力
输向四面八方
我的三峡父老啊
舍小家保大家
离故土到异乡
移民精神啊
闪耀着
大禹的精神
蔓子的榜样
显示了重庆人
襟怀的博大
风格的高尚

让巨轮和游艇
在万顷碧波中
纵情畅游
让鱼儿和鸟儿
在水天一色中
恣意翱翔
让神女和彩云
在库区上空
翩翩起舞

让刘备和张飞
给各国来宾
引路导航
让巴渝大地
成为大西南
最璀璨的明珠
让三峡库区
成为全世界
最新最美的
艺术画廊

五

我的乡亲！
我的父老！
我们
冲破了
盆地意识的
束缚
我们
抛弃了
小打小闹的
思想
是鲲鹏
就敢于
在浩瀚的长空
扶摇直上

是长鲸
　就敢于
　　在无边的大海
　　　搏风击浪
我们有——
　大重庆的
　　气魄
　大开放的
　　胆略
　科学发展观的
　　思路
　创建和谐社会的
　　构想
让新重庆
　在我们的手中
　　变得更加美丽
　　　更加富强
　　　　更加繁荣
　　　　　更加兴旺！
让我们的人生哟
　在新的奋斗中
　　变得更加充实
　　　更加完美
　　　　更加幸福
　　　　　更加欢畅！
我的父老！
　我的乡亲！

让我们雄起
　雄起
　　雄起
　把龙尾
　　舞起来
　让龙身
　　飞起来
用我们的双手
　擎起太阳
　　擎起月亮
　　　擎起未来
　　　　擎起希望！
让我们
　东方巨龙
向着新世纪的
　黎明
向着世世代代的
　梦想
飞翔啊
　飞翔
　　飞翔！……

1997—2007年于重庆

祖国啊，我爱你

像初生的婴儿
　贪恋着
　　母亲的乳汁
像盛开的花朵
　紧系着
　　缠绵的深根
像长鲸
　离不开大海
像雄鹰
　向往着白云
我是
　如此深情地
　　爱着你啊
——我的祖国
　　我的母亲！
你用昆仑的冰峰
　撑起了我
　　雄健刚强的体魄
你用长江的浪花
　哺育了我
　　如花似玉的生命
你用西湖的碧波
　纯净了

我的双眼
你用日月的光华
熏染了
我的灵魂
祖国啊！
我的一切
都属于你呵
连我的
每一缕思绪
每一根神经……
你大地上的
每一瓣新芽
都令我激情滚滚
你面庞上的
每一丝皱纹
都令我难过揪心
我伴着你
嫦娥号飞船
在天宇中追星揽月
我伴着你
辽宁号航母
把万里海疆
捧在手心
我愿倾注
绵绵爱心
浇红你衣裙上的
朵朵花蕾

我愿倾洒
滴滴热汗
培植你社区内的
片片竹林
我愿中华大地
万花竞彩
百鸟争鸣
我愿各族儿女
笑容满面
吉祥欢欣

祖国啊！
我愿你
如矫骁的巨龙
飞腾于浩瀚天宇
我愿你
如巍峨的巨人
雄踞于世界中心
同五大洲朋友一起
手挽手
肩并肩
走向和平祥瑞
繁荣昌盛的
无比璀璨的黎明

第四辑

新古体诗词

忆秦娥

忆不竭，锦江欢度中秋节。
中秋节，兴会飙举，遥至银阙。

唤起嫦娥驱愁绝，同舞霓裳共欢悦。
共欢悦，情漫江海，心怀日月。

1963 年中秋于川大锦江边

芙蓉花下

芙蓉几度露笑颜，树下徘徊意绵绵。
锦城风光纵绮丽，怎奈魂系故园前。

1964 年 10 月于川大

鹅岭夕照

哪来胭脂染绿水？山城翠带结红绫。
请君抬头看西天，夕阳熏醉雾中云。

1966 年 9 月于重庆鹅岭公园

不做墙头草

抄家批斗疯狂时，独立苍茫我发誓：
不当墙头随风草，要做大树参天立。

1967 年 5 月于重庆

登西昌邛海

茫茫邛海阔，巍巍泸山高。
风雨伴登临，豪情漫碧霄。

西湖忆

西湖游，美景不胜收。
万里琉璃碧如镜，一叶扁舟竞风流，明月正当头。

西湖美，最美是中秋，
湖水荡漾新郎情，怀抱明月吻不休，全城乐悠悠。

1986 年 9 月于西湖

灵感之歌（五首）

——写在《文学创作灵感论》后记

一

来如惊鸿去如风，鸿篇杰构现梦中。
不因平日耽思苦，何来今宵瞬时功？

二

泰山登临意气豪，俯瞰群峰志弥高。
江山壮伟激灵兴，诗情飞腾上九霄。

三

独擎雨伞入画中，秋雨迷离诗绪浓。
九溪琴弦奏心曲，满林金桂熏诗风。

四

数年孕育一夕开，国色天香夺魂魄。
千年成语挥笔改：“昙花一现”何伟哉！

五

不信神灵信才情，博览精研万里行。
一卷《灵感》盼珍重：几多体验心血凝！

吟李煜

——写在长篇小说《风流帝王》末尾

一代风流君王，沉醉国色天香。
书法绘画灿如锦，诗词歌赋美如霞。
无心理朝纲。

一旦国破家亡，屈辱悲凄遍尝。
痴情哀怨凝珠玑，呕心沥血谱华章。
千载永留芳！

1988 年 5 月 3 日

怀念石川一成先生

石川一成先生是四川外语学院首任日语教师，他教学认真负责，关怀学生，热心帮助四川外语学院建设，深受全院师生爱戴。他还是日本著名歌人。在四川外语学院任教期间写了和歌集《长江无限》。他去世后，我为他创作拍摄了电视专题片《记日本友人石川一成先生》在中国和日本播出。

——题记

呕心沥血友情真，生命光辉织锦程。
似水才华传智慧，江涛万里咏歌魂。

1989 年 4 月

题兴文七彩瀑布

仙乐飞洒自云端，彩虹斑斓天地间。
七彩瀑布爱不够，录音录像在心尖。

1995 年 6 月

登赤水望海楼

层层叠叠竹如海，莽莽苍苍山接天。
脚踏云海出尘寰，身心沉醉云水间。

2000 年与教研室同仁赤水游览得诗意

咏壶口

好大一壶酒，轻轻提在手。
银河碧波倾天下，万顷琼浆入我口。

美酒入心燃激情，喷出彩虹贯九州。
抒我民族千古情，绘我江山如锦绣。

2001 年 6 月

芙蓉吟（三首）

二十世纪六十年代初，在川大中文系读书时，曾写芙蓉诗三首寄父母。四十年后，在屋顶花园手植两株木芙蓉，开出了繁盛的花朵，灿然一片。遂再赋《芙蓉吟》三首。

一

手植芙蓉露笑颜，
弹指一瞬四十年。
青春校园思故里，
夕照万里怀校园。

二

芙蓉如火亦如霞，
曾陪学子度生涯。
四十年后又植树，
再伴人生好年华。

三

如火如霞复如血，
五载寒暑情意结。
恩师学友花中现，
心系母校情切切。

2003年3月14日于渝

山海情（四首）

一

常怀青山恋，独喜攀高峰。
飞身凌绝顶，纵览世纪风。

二

飞跃玉皇顶，纵身泰岱行。
江山无限美，遐想化诗情。

脚踏昆仑雪，手叩灵隐钟。
胸中得意事，笔下喷彩虹。

三

情满江海意满胸，三山五岳指顾中。
生命不息步不停，敢上人生最高峰。

四

情如海潮意如风，无限江山揣心中。
织成钧天云锦灿，展我神州气象雄。

2002 年 5 月于四川外语学院

六十述怀

倏忽花甲心不甘，雄心再振六十年。
豪情更比晚霞艳，攀上人生至高点。

2002 年 11 月于白市驿

笔耕偶书（二首）

一

满屋书页香，一径花叶缠。
笔耕不知倦，仰见星月悬。

二

花甲正少年，豪气逼云端。
再谱青春曲，诗文传人间。

2004 年 12 月写于白市驿菊香斋

题育才学院新居（三首）

一

朦朦胧胧一幅画，
翠竹潇潇窗前挂。
山环水绕满眼绿，
鸟舞雀鸣漫天霞。

2004年10月11日于育才学院新居

二

绿竹在窗前垂钓，青山布层层画屏。
鸟儿吟咏着唐诗，夕阳彩绘着天庭。

2005年3月31日于育才学院新居

三

又回育才学院，重返绿水青山。
翠竹垂首问询，青山捧出清泉。
高树鼓掌迎接，雀鸟欢鸣往返。
教书育人畅快，身在美丽自然。

2005年5月31日于育才六艺庄

题七十生日

六十不稀罕，七十正当年。
写诗又作文，再把宏图展。

2012 年 12 月写于学府小区

古稀抒怀

文若命兮诗如魂，沥血呕心意纵横。
振衣独攀千峰顶，探胜深入百姓心。
雕塑民族英雄像，抒发中华腾飞情。
欣逢盛世文思畅，长河入海万里行。

2012 年 12 月写于郭久麟作品研讨会

七十初度

一

七十正少年，
豪气逼云端。
再把宏图展，
诗文诵新篇。

二

年届七十心不惊，
身居花丛听鸟鸣。
春蚕吐丝犹未尽，
蜜蜂酿蜜更芳芬。

三

人言七十古来稀，
我今七十笔耕勤。
身心两健情怀爽，
再攀一程又一程！

四

人言七十古来少，
我今七十意气豪。
朝迎红霞晚伴月，
创作科研步步高！

2012 年 11 月 23 日

致梁上泉

耽于文艺痴于诗，六十五年一贯之。
边地风云织锦绣，巴山星月凝珠玑。
诗词歌剧呕心血，老少边穷系苦思。
著作等身留史迹，情传海枯石烂时。

2014 年 2 月

附　录

寻觅痴情

——郭久麟诗集《爱的琴弦》序

尹在勤

据实而言，久麟要出这么一本诗集，他来成都，兴致勃勃告知我的时候，当着他的面，我未便流露的是油然而涌上心头的一股疑虑之情。何必呢？何苦呢？我想对他说但却没有脱口而出的几句话大约如斯：你已是一位知名的文论家和传记文学作家，已是一位受人尊敬的教授，出一本诗集对提高你的知名度，并无任何实质性的作用，且费事又花钱，何必何苦萌生这个念头呢？你向来务实，这回却悬得可以；你向来聪明，这回却傻得可以。

然而他却矢志不移，终于联系妥当，这本诗集即将出版，当我此刻翻读他的样稿的时候，我才似乎悟出，他求索的显然不是我想的。他之所以有此举，显然是一种功利的舍弃。人生情愫的抒写，到了某种境界，大约不能不借助于诗，他分明是在寻觅和宣泄一种痴情，一种对于诗的痴情。据我所知，久麟从中学生时代即开始读诗，写诗，上了大学念中文系，更入迷地写诗，他是以诗而走上创作之路的。1980 年以后，他虽然把主要精力花费于传记文学、理论写作和电视剧创作，但仍不时有突降的灵感拨动他诗的琴弦。他终不能忘情于写诗。

收进这本诗集的作品，正是他钟情于诗的心路历程的抒写。这里有他的初恋梦，有他的山海情，还有他的从生活江流中采撷的浪花歌。他不能忘怀那些他曾经拥有过的温馨、翘望、赤诚和欢欣，不能忘怀那些他曾经领略过的诸如日出和夕照的俏丽和气派，不能忘怀那些诸如来不及尝尽的花溪的风韵，不能忘怀那些诸如愿化作一座飞来峰投入湖心的心愿。于是他把这些缤纷的花雨汇集起来，留给自己，也奉给他人；留给自己的许是些甜美的余味，奉给他人的则许是些人生的体验。

久麟的这些诗，按时髦的标准衡量，也许有更多的传统的积淀；按传统的标准衡量，也许又有若干异化更新。这大约是他这种年龄这种文化水准的诗人们共有的一种色泽。这色泽是清亮的、澄澈的、明丽的，犹如闷热夏夜的一阵雨，晴朗碧空的一片云，久麟的襟怀袒露着，有柔情也有豪迈，有坚实也有洒脱，犹如他自己抒写的意象：“嘉陵江的翠带把北碚揽在臂弯。”他的诗，兼受中外古今诸多现实主义和浪漫主义诗人的影响，也汲取了若干现代主义的长处，在艺术上“杂取兼融”而服务于自己心胸和意兴的外溢，自有其工力在，自有其情趣在。

久麟已出版过诗集之外的著作二十余部，于今在他写诗30多年的时候，才编定出版这第一部诗集，可见他于诗的郑重及执着。我愿他在诗兴袭来之时，仍不停地抒写，写出更多、更新、更美的诗来！

（说明：此系四川大学中文系教授、著名诗评家、我的毕业论文指导教师尹在勤先生为我1992年出版的诗集《爱的琴弦》写的序言，今年编《锦江恋歌》诗集之时，尹老师已经作古，谨将序言重发于地，作为纪念。）

后 记

诗，是生命的灿烂的开放，是青春的白帆的高张，是爱情的火焰的炽燃，是生活的浪花的怒绽，是灵感的激情的喷射，是夕阳的温馨的微笑。

我从小就迷上了缪斯的琴弦。小时候，父亲母亲和外公、叔叔教我背诵唐诗，初中阶段，我开始到学校和市区图书馆借阅艾青、普希金、泰戈尔的诗集来阅读。吟诵着那些精美的诗句，聆听着老师迷人的讲述，凝望着皎洁的夜空，我开始编织少年的幼稚的梦幻。进入高中，我开始在校刊上发表诗文。进入四川大学中文系，我更是入迷地读诗、写诗、评诗，与同窗好友张永权、郑模卿、钟文森等切磋诗艺。大学毕业以后，我在校园和青年学生一起生活，也经常到工厂、农村，到全国各地采访，到名山大川游览，沸腾的生活激荡着我的诗情，壮丽的山川孕育了我的灵感。登泰山极顶，上华山，游九溪十八涧，访杨开慧故居，在圆明园旧址，到北戴河游泳，灵感之神都会翩然降临，使我一口气写出了好几首诗歌。1992 年，我在香港天马图书公司出版了诗集《爱的琴弦》，请著名画家吴凡题写了书名，请著名诗人梁上泉和知名诗评家尹在勤写了序言。

近二十年来，我在倾注主要精力采写文学家传记作品的间隙，仍然读诗评诗写诗。我感到欣慰的是，在年过半百，年过

花甲，甚至年过古稀之后，我还不时有诗情激荡，灵感光临，还能谱写上百行的抒情诗。今天，我从五十多年来创作的上千首诗歌中选出近百首诗，编成这本诗集。它们记录着我青春的恋情，抒发了我对祖国河山的迷恋，倾注着我对生活的赤诚，歌唱着我的祖国和人民。我喜爱古今中外的优秀诗歌，尤其酷爱屈原、曹操、李白、李贺、苏东坡、辛弃疾、张孝祥，热爱普希金、泰戈尔、歌德、雪莱、裴多菲、庞德、纪伯伦，喜爱郭沫若、闻一多、艾青、徐志摩、何其芳、郭小川、贺敬之、闻捷、李瑛、余光中、覃子豪；也喜欢当代诗人舒婷、昌耀、杨牧、海子；我还喜爱毛泽东、陈毅、赵朴初等人的新古体诗；喜欢吟咏和高唱四川民歌、云南民歌、新疆情歌和信天游……它们都以清醇的乳汁，培育了我，熏陶了我，感染了我。

我在大学执教 50 年，主要讲授写作学、文艺理论和现当代文学，都要讲到诗歌。同时，我也喜欢诗歌评论和赏析，出版了《论贺敬之的诗》《中国二十世纪诗歌发展史》等著作。我认为，诗是一种饱含着丰富的感情和新奇的想象，以精练和谐而富于节奏感的语言，以分行排列的方式，直接抒发对生活的独特感受和审美体验的文学文体。因此，我在写诗的时候，总是追求意象的新鲜独特，意境的优美动人，语言的典雅华美，形式的整饬，音韵的流畅上口。可以说，写诗几十年，我基本上都自觉不自觉地追求着格律体的形式。在诗歌创作方法上，我喜欢现实主义和浪漫主义，但更倾向于浪漫主义，也适当吸收现代主义的表现方法和技巧。

在我学诗的道路上，著名诗人臧克家、贺敬之、柯岩、李瑛、孙静轩、雁翼、梁上泉、张永枚、陆棨、杨山、张继楼等都先后给了我很多的指导、支持和帮助，在此谨向他们致以诚挚的谢意。

此刻，窗外正是初春。百花齐放、万花争艳的季节正在向我们走来。衷心希望我们的诗坛姹紫嫣红，让各种各样的美丽诗歌都大放异彩。

2015 年 1 月 20 日于重庆北碚西南大学学府小区

附：

作者简介

郭久麟，男，汉族，1942 年 11 月出生于重庆渝中区。1960 年重庆一中毕业，1965 年四川大学中文系毕业，分配至四川外语学院任教。1991 年加入中国作家协会，1992 年任教授，2004 年川外退休后受聘为西南大学育才学院（现改名重庆人文科技学院）教授。现为中国作家协会会员、中国传记文学学会会员、中外传记文学研究会理事，曾任重庆作家协会主席团委员暨影视文学创委会主任、重庆写作学会副会长、四川大学重庆校友会会长、重庆国际友人研究会会长。主要著作：传记文学著作《随卫敬爱的周副主席》《陈毅青少年时期的故事》《罗世文传》《少年罗世文》《怀念吴老》《柯岩传》《张俊彪传》《雁翼传》《梁上泉评传》等；传记理论著作《传记文学写作论》《传记文学写作与鉴赏》《中国二十世纪传记文学史》《大中华二十世纪文学史》（主编主撰）；文艺理论著作《文学创作灵感论》《散文知识与写作》《论贺敬之的诗》；诗文集《爱的琴弦》《郭久麟散文集》《新编女儿经》《修身养性新增广》《当代西南企业与企业家》等；创作拍摄电视剧《沉默的

情怀》（六集）《雕像的诞生》（上下集），电视专题片《记日本友人石川一成先生》《歌乐情思》《四面山风光》。《罗世文传》获首届四川省、重庆市社会科学三等奖，《文学创作灵感论》获四川省第五届、重庆市第三届社会科学三等奖，《沉默的情怀》获成都市优秀电视剧奖，《雕像的诞生》获 1991 年中宣部文艺局与中央电视台全国优秀电视剧展播奖、重庆首届巴渝文学奖一等奖、重庆首届影视文学荣誉奖、1999 年重庆市渝中区文学奖。作者传记收入英国剑桥《世界名人录》及《中国作家大辞典》等多种辞书。